KB260828

姜海根 제3시집

명동의 강물 소리

姜海根 제3시집

명동의 강물 소리

지구문학

　"내가 쏜 화살이 푸른 공중을 날아 어느 독자의 가슴에 맞았
으면 좋겠다."

　詩人 폴 발레리의 말이 내 가슴에 꽂힌 지 몇 십 년이 되어
도, 아니 그 화살을 뽑아보려 해도 더욱 굳어져 가고만 있다.
아마도 그 화살촉은 나와 함께 살다가 이 세상을 함께 떠날 것
같기만 하다.

　80이 넘은 백발이 이런 욕심으로 지금도 詩를 쓰고 있다.

　나이가 많아져 가니 이런 생각이 잊혀지지도 않고 詩라고 詩
같지 않은 詩를 쓰고 있다. 그러나 뜻과 같이 되지 않는 것이
또한 詩作生活인 것이 아닌가 여겨진다.

　다만 詩는 藝術이므로 自己의 思想이나 哲學을 최선을 다하
여 쓰면 되는 것으로 안다. 그러한 믿음 없이는 좀처럼 시집을
내지 못할 것 같다.

　老人이 詩를 쓴다는 것은 아직도 몸은 늙었으되 精神만은 20
代 靑春으로 살아가고 싶고, 20代 靑春으로 詩를 공부하며 써
가고 있다.

　이번 詩集이 세 번째다.

　폴 발레리의 말처럼 "千人의 독자에게 한 번 읽히는 詩보다
는 一人의 독자에게 천 번 읽히고 싶은 理想"이 나의 꿈이다.
이러한 집념 때문에 늙어가면서도 詩를 쓰며 즐기는지 모른다.

앞으로 두세 卷의 詩集을 出版할 수 있는 量을 가지고 있다. 내가 미처 出版을 못하면, 나의 2世가 出版해 주지 않을까 하는 마음을 갖고 살고 있다.

끝으로 독자의 아픈 評價를 받고, 더욱 열심히 공부하고 싶은 생각뿐이다.

2008년 4월 15일

姜 海 根

목차

작품해설 ǀ 李秀和

서시

햇살에 싹이 나고
달 그늘에 영그는
자연에 자란 나

한평생 부끄럼 없이
후회 없이 살라 하네

살랑이는 실바람
광풍 되어 내 몸 스쳐도

한 점 아쉬움 없기를
기원하며 가리라

명동의 강물 소리

— 불경기에 부쳐

명동에는 소리없는 인파의 강물이
백화점의 물꼬마다 드나든다

백화점 속의 天水畓은 타는데
언제 해갈이 될 것인가

사람들은 명동의 강물 소리에
귀만 아프다고 짜증이다

눈 내리는 명동

눈이 내리네 눈이 내리네
남산에 詩律 타고 눈이 내리네

명동의 눈꽃은
천사들의 행렬
가슴 속에 출렁인 파도다

눈보라 속에 떠오른 태양
빛살로 내리고
세상의 아름다움 모두 여기 모였네

명동의 태양은
세상의 평화 행복의 꿈

명동의 눈꽃은
청춘의 끓는 태양
애끓는 사랑의 축제이다

黎明

동해를 가르고
발갛게 하늘로
솟아오른다

태초에 묻혀 외로운 오심
말끔히 씻겨가는

하얀 파도
이글거리는 태양은
눈꽃 살을 녹이며
유유히 하늘로 솟는다

韓國의 해돋이여…

한 줄기 햇살
쏜살같이 날아와
통일의 요람 북을 울려라

솟아라

내려쳐라 녹여 버려라
우리의 허리에 걸린 철책선을
쥐어뜯어라

열어라 활짝 문을 열어라
줄지어 잡아라
南과 北의 손을 잡아라

人間 띠를 이어라
한라산에서 백두산까지

한 줄기 한 핏줄
한 줄기 햇살 되어
우리는 하나가 되는
해돋이 되리라!!

한강 통곡의 日記抄

겨울철 한강 뚝길을 걷노라니
문득 칼바람이 번뜩이는 아침이다

폭풍 속에 결빙의 어금니를 갈아대며
강물은 아프게 흘러간다

빙하의 창자가 꼬이고
뚝 기슭은 금가고
겨울 철새도 날아가는 아침이다

三國時代의 피비린 말발굽 소리도
하구로 사라졌고

고구려 충신들의 먹피도
흘러갔고

조선조 오백년 공포로운 살인정치도
흘러갔고

일제 침략의 총칼은 또 얼마나
아픈 피를 흘렸던가

6.25 동족상잔의 먹피도
흘러갔다

4.19의 젊은 학도들의 가슴에서
쏟아지던 뜨거운 피도 흘러가며

5.16 탱크 소리도
한강의 천둥 소리로 물러갔다

오늘 仁川 앞바다에선
공해에 멍든 가슴을 열고
조국 분단의 아픔에 출렁이고만 있는가

오늘은 내 목덜미를 스치는
힌강 뚝길 혹한의 칼바람이
하나도 춥지가 않았다

友情

그리운 정
햇살처럼 비쳐오고

보고 싶은 마음
강물로 흘러간다

의리로 굳어진
세월의 뿌리
바람에도 흔들리지 않고

믿음은
산처럼 우뚝 솟아 있다

6.25 회상

녹쓴 철로길 넘어
노을진 북녘 하늘
북극성 두레 별들은 반짝이는데

가난에 쪼들렸던
두고 온 부모형제
가슴 파고드는
여울진 세월…

2 ~ 3일 후 돌아가겠다
다짐했던 고향산천
56년의 멍든 세월이
허공에 뜨는데

웅어리져 가는 향수
풀 길 없어

북녘으로 날아가는
칠새 깃에
가슴을 실어 본다

해넘이
— 99. 12. 31 변산 격포채석강에서

20세기 마지막 가슴이 뉘엿거린다
노을빛에 울먹이는 고별식이
아쉬움으로 파도친다

적벽에 부딪치는 핏빛
갯벌을 씻어낸다

천년의 액운과 고통이
한 순간에 스러지는 바다 속 불꽃 꼬리

소원성취의 기도문을 실은
칠산 앞바다 마지막 떠나는 띠배에게
해넘이는 조용히 일러준다
지구의 생명이 얼마 남지 않았다고

詩人

詩人 앞에는
온갖 부귀영화가 차갑게 손을 흔들고
지나가도
눈부신 햇살만은 뜨겁게 비쳐온다

고독의 나무 끝에
결실을 위해서 빨아들이는 햇볕

수확을 기다리는 시간 끝에
지하에서 빨아올리는 수액

詩人은 이처럼
고독 속에 영혼을 찾아 나선다

때로는 지하에 묻힌
광맥을 찾아 나서는 길
허공에 묻힌 고독의 뼈를 찾아 나서는 길

詩人은 미래의 햇살을 위해서
오늘을 떨고 있다

담배연기

가슴 속에서 피어 나오는
꽃구름이다

즐거울 때나 슬플 때 피는
욕망의 꽃

즐거울 때는 더욱 기를 살려주고
슬플 때는 나를 달래주는
유일한 동반자다

금연은 짝사랑보다도
더욱 가슴 미어지는 아픔인 것

요샛 사람들은
금연과 애연의 꼭대기에서
추락하는 새가 되기도 한다

담배는 사람들에게
해독을 주다가도

때로는 큰일을 성사시키는
환희로 피어난다

해마다 4.19가 되면

하늘을 찌르는 함성
풋가슴으로 불태우다

종로 네거리에서
마산의 바다에서
조국에 바친 생명

꽃봉오리 피기도 전에
영혼의 파랑새로
날았는가…

하늘도 울고
땅도 울었다

아버지도
어머니도
가슴 가슴을 북소리로 울렸다

오! 펄럭이던

피의 깃발
자유여, 민주주의여
해마다 4.19가 되면
나는 미친 듯이
종로 네거리로 달려본다

조국의 수호신이여 장하도다
너는 민족의 태양이다

눈물

너는 순정에서 피는 生花

녹두밭 윗머리도 옥토로 변하고
사막도 오아시스로 넘치는
사랑의 마술사

메마른 내 가슴에
한 방울 생명수로 적시고 싶구나

너는 슬픔과 기쁨으로 짜는
생명의 비단인가

고뇌는 인간 生花의
부식토인 것을

새해를 맞으며

— 2005년 1월 1일 아침에

즈믄 밤의 종소리로
한 해의 넋두리가 넘어간다

망년의 종소리 천지를 흔들면서
동녘 하늘 자락은 계명으로
여명의 기운이 돋아 오른다

지난 한 해에 맺혔던 모든 오욕
희망찬 새 해돋음으로 모두 삭혔어라

새해가 밝으면서 뜨거운 햇살로
정열을 일으키며
신년 희망찬 새해를 맞는다

오… 떠오르는 햇살로
온 세상 온후히 하고
행복한 세상으로 발돋움한다

통일로 가는 길·1

五千年 백의민족의 역사를 깨트리고
동족의 상쟁으로 三八線에 말뚝 박고

부모 형제 갈라놓고
민족마저 갈라놓은 자 그 누구였던가

한 서린 세월이 태산처럼
준령을 넘었건만

만날 길 없는 세월이
아직도 남았던가

이제는 고만 가야 할 곳도
넘어야 할 준령도 없으니

돌아올 길은 부모 형제 앞이요
남과 북 고향 땅뿐일세

이제는 금강산도 가고 백두산도 가고

개성공단 조성으로
아침 저녁으로 셔틀 버스도 틔었으니

이것이 통일이야 통일…
통일로 가는 길이다

통일로 가는 길 · 2

반세기의 기나긴 세월
부모 형제 이별하고
남북으로 갈라선
우리 민족의 서러움

56년이란 기나긴 세월
6.25동란으로 상호 적국으로 살아왔다
허나 세월은 무심치 않아 이산가족 상봉
남북협력으로 개성공단 조성

끊어졌던
철길도 이어 손잡고
철마는 달려 남과 북은 이어졌다

우리 민족의 원한
우리 민족의 기원
이제는 모두 잊고 통일의 길목에 섰다

철마는 달려

통일의 꿈을 안고 남북으로 달린다
이것이 통일 통일로 가는 길목이련가!!

태풍 매미

태풍 매미가 살육한 잔상은
참혹한 고대 미라의 무덤 속

찢어지고
쓰러지고
무너지고
처절한 형벌의 고대 사형장이었다

하늘도 울고
땅도 우는
모두 원시의 형틀에 씌워진
고대의 수라장이었다

독도

태백줄기에서 내려놓은
우리나라 씨앗 독도

수 만년 내려온
조상의 뿌리

바다를 지키는 씨 주머니
그 누가 만지러 드는가

조석으로 호령하며
태양을 품에 안고 동해를 지킨 수호신

외적이 아무리 가져갈라 해도
움직이지 않은 요지부동

너는 태양에 영그는 태백줄기의 육신
대한민국의 영토이다

光州의 五月

하늘은 먹구름 이마엔 주름살
생각하면 光州의 五月은 춥고 오금이 저린다

무등산장에서 불어닥친 광풍
자작나무 가지 꺾이고

무등산은 온통 천둥 벼락으로
푸른 빛 붉은 꽃이 칼춤을 춘다

진달래꽃 무더기로 져버린 청춘들
다박솔 음지에서 피 흘려지면

천 길 벼랑 속 먹피는 흘러
붉게 타오른 계절풍 속에

철쭉은 만취한 채
귀를 막고 단잠에 드는가

光州의 하늘은 五月이 되면

멍청히 목 놓아 울어대며
불타는 철쭉 속으로 휘몰아친다

제14회 부산 아시안게임

한라산 백록담에서
백두산 천지에서 혼불로 일어선
분단의 아픔

삼팔선에서 한 몸뚱아리 되어
세계인의 눈앞에 부산의 성화로 올랐습니다

삼십육억 아시안의 성화 되어
드높이 타올랐습니다

남과 북이 맞잡은 뜨거운 손에
펄럭이는 한반도 기

그렇게 멀기만 했던
분단된 혈육이 하나 된 응원으로
가슴 가슴에 한 핏줄기의 뜨거운
강물이었습니다

이제 우리는

남북통일이
눈앞에 다가왔습니다

2002 FIFA 한일 월드컵

함성의 도가니
필승 코리아!
지축을 흔들었다

세계 축구의 붉은 악마
그대들은 인류의 가슴에
불 달궜어라

남녀노소가 없었다
데모도 없었다
도적질도 없었다
우리 하나 되어 태극기를 흔들었다

전세계를 깜짝 놀라게 한
4강의 태극전사!
우리는 방방곡곡 아니 전세계에서
2002년 6월의 한국 신화를 낳았다
대~ 한민국! 짝짝, 짝짝, 짝!

장전항

'금강산 뱃길 문화체험' 금강호의
수많은 눈빛과 입들이
장전항에 납덩이로 떴다

아침 해가 중천인데
장전항은 실눈으로 누워 있다

사람도 배도 뜸한
바다 위에 민둥산

선상엔 조용한 해풍인데
머리끝이 선다

다음날, 북한 감시원과
대화 몇 마디
꼭 속초 사람 같았다

생로병사

질서, 질서
지구상의 영원한 법칙

여기에는 날치기 통과 개헌도 없고
정경유착 정권의 타락도 없다

절대 권력자의
치국평천하

무엇이 그리도 아쉬웁고
무엇이 그리도 억울한가

바람처럼 구름처럼
마음을 비우고 흘려 보내자

한가위

산의 여유로운 웃음소리에
들녘이 두둥실 가라앉았다

배가 무거워서
더는 걷지 못하는 들녘

낮이면 소뿔 빼는 노염에
들녘이 질질 끌려가고

밤이면 보름달이 만삭된 들녘을
업고 달아난다

농악소리는
한가위 풍년을 울려 쌓는다

비행기 안에서

밟으면 사각사각 귓전에 들리는
눈싸움하는 동구 밖 개구쟁이들
구름밭 평원에서 놀고 있다

한라산 봉우리에 탐라장군
하얀 갑옷 입고
저벅저벅 군화 소리 들린다

사람이 죽으면
하늘나라 간다는
九天이 바로 이곳인가

거칠 것이 없는 세상
끝없는 자유뿐

나는 지금 제주도로
날아 앉는다

한강

온유하게 흐르는
민족의 가슴이다

때로는 어머니의 인자하신
차분한 숨결 같은 것

청소년들의 꿈에 서린
어진 눈빛 같은 것

기쁠 때는
민족과 함께 우쭐거려 주고

슬플 때는
민족과 함께 속울음으로 뒤집히는가

그대는 민족의 맥박이요
역사의 시간이다

산 옆의 동맥이요
희로애락의 교향악이다

위대한 새아침에 새로운 태양

위대한 새아침에
새로운 태양이 솟았습니다
그 많던 세월 동안
서운함도 잊은 채
일출의 연습을 하시더니

위대한 새아침에
찬란한 햇살이 쏟아집니다
억겁의 밤을 지새워
미움도 사위며
옥동자를 분만하시더니

위대한 새아침에
발랄한 금가루가 분분합니다
무량의 암흑을 태워
증오도 풀으시더니

위대한 새아침에
온 천하를 새롭게 밝혀 놓았습니다

가슴이 찢어지던
분노도 삭히시더니

꼭 하나뿐인 2천 1년의 새아침에
설렌 조국통일과 세계평화의
길이 열렸습니다
이제 그만 온갖 집단이기주의 데모도
이제 그만 정치 음모도 배신도
중단시키시더니

서울의 하늘

조국통일은 남과 북이
뜨거운 핏속에 흐르고 있다고
빙긋이 웃는 서울의 하늘

이산가족 상봉의 가슴 속마다
서울의 하늘이 흐르고만 있습니다

이산가족의 슬픔이 고인 푸르른 하늘 아래
통일의 기적 소리와
육로 관광의 발자국 소리가
바람결에 들리듯이

이제 풀리는 남북 대화로
갑자기 서울의 하늘은
저렇게 곱기만 합니다

갈매기떼

갈매기는 모항의 푸른 하늘에 띄운
고깃배의 엽신

생선 비린내로 부두가 둥실거리면
갈매기는 하얀 삐라처럼 나부낀다

入港
출하의 문이 열리기 전
국악대처럼 연주하는 갈매기떼

물빛보다 더 고운 하늘은
갈매기떼의 흥분으로
항구보다 바쁘다

거금도 사나이

꼴망태 울러 메고
시비동산에 올라
쪽빛 부서지는 수평선에 실어 본다

서산 넘어갈 황혼
금빛 파도 부서지는 구슬에
장가 못간 혼신을 실어 본다

동녘 하늘에 솟아오른 조각달
은빛 파도 부서지는 물안개에
시집 못간 처녀 혼을 실었는가

소재원 호수 같은 안바다를
포근히 감싸 안은 뒷바다

처녀 총각의 시름진 한숨 소리에
물안개 젖은 바다는 부서지고

갈매기는 삔치 하나 낚아채고

공중에서 나래 시를 읊는데

나는 시비 바라보며
명상에 젖어 있다

거금도 문인의 해변

바다는 잔잔한 호수
거금도 문인의 해변에는
하얀 모래알들이
귓속말로 비밀을 뒤집고 있다

비단 같은 바람결은
꿈결 속 자장가

백사장을 이루는 파도
어머니의 손결로 사랑을 키우는가

걸어도 걸어도
끝이 없는 꿈결의 해변

하늘과 바다와 태양이 낳은
백사장에
문인의 영혼들이 모래알로 자라고 있다

서울의 맥박

時空을 초월한 서울의 맥박

백제, 신라, 고구려 때는
한강으로 이어지는 서로 다른
三國統一의 날갯짓들

그때 서울의 남산 꼭대기의 하늘은
유리빛이었음직한데

지금은 부딪히는 南北統一의 무리들
휴전선의 하늘은
철조망의 놋가루가 나부끼는 잿빛이구나

그러나 지금은
남산 꼭대기는
눈 딱 감고
전 세계에 韓流문화를 전파하고 있다

임진강

금강산 골짜기에서
태백산, 설악산 연정에서
흘러 내려와
남북으로 가르고
굽이굽이 화석정을 낳았다

강물에 발 담구며
깊은 수심 시 한 수에
시름 달랜 율곡
생령이 아련하구나

떠나신 님의 발자국에
실안개만 피어 있다

지금은 남북의 칼끝
차디찬 비정의 결빙
임진강은 눈을 감고 있다

6.25의 핏빛은

억새꽃 백발 되어
하늘 끝에 울고 있는가

임진강은 겨울 하늘을 찔렀다
통일은 오고 있다고

남북통일의 염원

흰 구름은 休戰線을
빙그레 넘나드는데

남과 북 이산가족의 가슴 속엔
상봉의 여울물 소리로
한껏 드세집니다

2000년 유월의 정상회담은
휴전선의 철조망을 녹이는데
남과 북 이산가족의 뼈 속엔
숭숭 뚫린 바람구멍이 차오릅니다

누가 조국통일을
막고 있을 것인가

우리는 한 발 한 발
통일로 다가갑니다

동행

어깨를 나란히
흘러가는 강물
오순도순 참 아름답습니다

사람이 살다 보면
별일이 많은 사고가 있는 법
내 다리 하나가 슬퍼요

나는 동행할 때마다
어깨 높이가 따로 따로
굽니는 풍랑입니다

하도나 오래 되어
언제부턴가 부끄럼도 잊은 채
등대불이 깜박이는 동행의 항해랍니다

민주화의 함성

하늘을 찌르는 함성!
노도처럼 일어선 데모대

과잉진압의 신군부 총탄 앞에
육탄으로 내던진 투혼

남학생도 일어섰다
여학생도 일어섰다
시민까지 일어선 민주항쟁

민주화를 위해 생명을 바친 영혼들이여!
그대들은 장하도다
민족의 역사에 금자탑으로 세워졌다

5.18 광주항쟁에 바친
불멸의 영혼들이여!
조국의 민주주의 수호에 찬란한 꽃으로 피었다

조국에 바친 그대들의 함성은

역사를 바로 세운 그대들의 선혈은
지금도 우리들의 가슴에 메아리로
물들고 있다

가을 천둥소리가 길을 내고

멀리 길잡이로
남산을 넘는 번갯불

바쁜 가을의 천둥소리가
낙엽의 길을 냅니다

명동에 몰려오는
나락 익은 냄새

가을비를 맞는
온몸이 흥건합니다

休戰線

바닷속 같은 철조망에
적막한 햇살이 슬프기만 하다

무덤처럼 고요한 휴전선
서러운 상장으로 흔들린다

칼날 위를 걸어가는
흔들리는 긴장감

총구를 바라보는
공포로움

등골에서 부는 바람이
억새꽃을 울리고만 있다

휴전선을 넘는 소떼

한 마리 소 값을 훔쳐 고향을 떠난 정주영
천 마리 소떼를 몰고
휴전선을 넘었다

이산가족의 가슴에
황소 발굽 소리

어여 가라고 손짓하던
어머니의 눈물이 보인다

소떼는
大道無門인데

이산가족의 가슴은 조급하기만 하다

우리 모두
설날이 다가오는 기쁨이다

이산가족 상봉

백일홍 꽃바람 세 번 불어오면
대추볼이 뻘그니 물든다는데

이산가족 상봉도 세 번이나 다가오니
얼싸안은 눈물이 얼마나 뜨거울까

고향 마을에
백일홍도 대추나무도
벌겋게 달아올랐을 것입니다

未堂 徐廷柱 시인 영전에

— 2000. 12. 28

선운사 골짝 소쩍새 핏빛 哭聲

향불로 타오릅니다

국화 향기 해일 속에

조객들이 헌화하는 등허리가

슬픈 물이랑으로 굽입니다

내 뜨거운 눈시울

찬 바람에 띄웠더니

님의 눈썹 하나 冬天에 흘러갑니다

이 시대가 낳은 詩聖

未堂의 샛별로 어두운 세상을 밝히옵소서

北海道

시베리아 大陸에서 떨어진 고리
太平洋으로 흘러간 북해도

하늘에서 선녀들의 그네줄로
엮어 올린 곳

태양 그린 외줄에 매달렸다

여명의 태양으로 몸을 씻고
夕陽의 그늘에 잠자는가

넓은 평야 높은 山脈 맑은 湖水
天然으로 빚은 곳
태초에 그려낸 일본 제일의 절경이다

文明의 충돌

뉴욕 쌍둥이 빌딩 테러와
미국의 아프카니스탄 테러 보복공격은
文明 충돌의 전야

주검의 바다로 아가리를 벌린 채
으르렁댑니다

해협마다 항구마다
갈매기는 상장의 부음으로 나부끼고

문명 충돌의 암운은
아프카니스탄 異常氣流 불바다가 되었습니다

나이지리아에서 기독교, 이슬람의
유혈종교 충돌은
끝내 불길로 타올랐습니다

문명을 이룩해 놓은 인류가
문명 충돌의 아가리 앞에서
지금 떨고 있습니다

雪梅

커피향보다도
일요일 아침 유리창의 햇살보다도

남원 내 고향집 마당가에
雪梅의 노랑 눈짓이 그리워서다

사람들은
달력을 보고서야
그런가 하는데

이런 시간이 되면
내 고향집 측간 가는 마당가에
고놈의 노랑 雪梅의 입술 터지는 소리가 들려서다

입춘이 아직 먼데
일요일 아침 가슴이
이렇게 뛰고 있음인가

새싹

귀를 열고 가슴을 열어
저 다정스러운 숨소리를 듣자

어린이의 잠자는 눈매이다가
미소로 벙근다

싱글벙글 싱글벙글
세상은 모두 어린이의 것

내 귀가 밝아오고
가슴이 뜨거워 온다

詩의 현주소

詩는 서류를 들고 현주소를 찾는
영원한 미아이다

동사무소는 수없이 많지만
시의 서류는 접수되지 않는다

이곳 저곳을 기웃거리는
고독한 여행자

적막에 돌을 던져도
소리가 나지 않는다

새싹을 틔일 착지를 찾아
민들레 꽃씨는 바람에 날리지만

詩의 현주소는 슬프기만 하다

오동도 동백꽃 · 1

눈보라 속에 눈 비비며
소롯이 피어나는 여수의 순정

드나드는 뱃고동 소리에
웃다가 울다가 상기된 눈빛

白雪을 붉게 녹이는
뜨거운 살점이구나

오동도 동백꽃 · 2

빗살로 내린 눈보라 속에
東方의 시율 따라
불어온 겨울 바람 타고
소롯이 피어 오른 한 떨기 꽃망울

돌아온 연락선 고동으로 피었다가
더나간 연락선 고동에 시드는 동백꽃

너는 여수 항구의 수문장
수백년의 근속으로 굽히지 않는 넋

지난 날의 모진 역사를
꽃잎 속에 담고
웃음으로 승화한
고귀한 한 떨기 꽃이련가

꽃내음

꽃은 그 꽃술을 태워
향기를 전하고
사모하는 꽃나비를 유혹함은
자기 몸을 불태워
그 향기로 사랑을 전한다

해

해는 불덩어리
우주가 타는 불덩이
만물의 혼이 타오른 불덩인 것

잡초

한 떨기 잡초로 태어나
이 세상 한숨으로 살아가는가

돌과 발 뿌리에 채이고 짓밟혀도
불굴의 의지로 살아 남아

아침엔 이슬로 씻고
낮에는 햇살로 말리는 잡초

저녁엔 옹기종기 별 불러
오순도순 미소 지으며 살아간다

진달래꽃

夕陽빛이 물들어
빨간 빛이 됐는가

타다 남은 가슴이라
빨간 꽃이 되었는가

우리 님 오실 날
고이고이 간직했다

진달래 꽃잎 따다
엮고 또 엮어서

사랑의 선물로
내 님 목에 걸어줄래

영월의 솔바람

영월의 솔바람은
부끄러운 내 눈물을 자꾸만 닦아냈다

三伏의 등허리를 씻어내어
무릎에 매달리더니

나는 힘이 빠져서
한 발짝도 옮길 수 없다

淸冷浦 물결이 삼키는
목쉰 메아리는 저리도 울어쌓고

영월의 솔바람은
변함없이 불어오는데

정치는 예나 지금이나
다를 바가 없구나

피아골 소쩍새

밤이 되니
소쩍새 피아골을 울리고 있다

무슨 슬픔으로 저리 우는지
달빛마저 울음빛이다

소쩍새 목이 찢어질 무렵
흔근한 달빛이 핏빛으로 변하여
6.25때의 억새바람이 되살아나는 듯

얼마나 많은 피를 흘렸던가
피아골 소쩍새만 아는 듯이
혼자서 울고만 있다

피아골 고혼들의 넋인 듯
소쩍새 울음은 내 가슴을
찢어 놓고 있다

선인장

태양 젖줄 찾아
날름거리는 혓바닥

물방울 빠는
푸르른 입술

인고의 세월 속에
빨간 꽃으로 한을 달랜다

내우외환을 막는
중무장에 휴식이 없다

질마재 국화꽃 · 1
— 未堂 서정주 시인 문학관에서

질마재 넋 나간 솔잎 울음 소리

15년만의 혹한 속 동지섣달 白雪 위에 부딪혀

뼈를 깎는다고?

세상을 물릴 수만 있다면야

이제 그만 눈물을 그치고

정신 좀 차려라

하늘이 온통 무너져서 큰일이구나!

未堂 외갓집 툇마루에 놋요강이 다시 놓일 수만 있다면야

황해 바다가 온통 쪼그라드는데

어디 가서 장수강의 산란기 바닷게를

찾을 것인가!

질마재 국화꽃은 저리 우는데

* 질마재: 未堂 선생 생가에서 선운사 가는 산고갯길재
  장수강: 고창 선운사 앞 강물

질마재 국화꽃 · 2

질마재 골짜기에
국화꽃은 낭자한데

넋 나간 뻐꾸기 곡성
핏빛으로 일렁입니다

일편단심 시성으로 날으시더니
국화 향기 시들으니

님의 눈썹 솟天에 걸어놓고
국화 향기 해일 속으로 훨훨 날아가신다고요

하늘이 무너지고 눈물이 넘쳐
세상은 온통 한강이로군요

질마재 국화꽃은 저리 울어쌓는데

세상을 돌려 선생님의 신발이
이 문학관에 다시 놓일 수만 있다면야

이 시대가 낳은 詩聖
未堂의 샛별로 세상을 밝히시옵소서

무안연꽃축제에 부쳐 · 1

아스라한 백련향으로
닦아내고 닦아내는 무안 땅

황토빛 뜨거운 인정으로
베푸는 잔치 마당

삼십만이 모여드는
짧기만 한 하루해

가도 가도
연꽃바다인지
사람바다인지

둥둥 떠내려가고만 있습니다

무안연꽃축제에 부쳐 · 2

십여만평 아스란 호수
파란 연잎 깔린 들판에

백련향 하늘 우러러
소롯이 피어 오른다

수많은 인파를
향 속에 감싸 안고
태양 그리며 날으는가

108염주에 연꽃이 피어
부처님 순례길을 수놓아 오른다

아마도 연꽃은
부처님 자비가 머무는 곳에
발판으로 떠오르는가

선인장

하늘이 사신인
선녀들의 화신

사막에 뿌리내려
등천의 꿈 속에 살아

태양을 향한
인고의 나날들이 한이 되어
새빨간 넋으로 살아나는가

서릿발 눈보라 막아낸
가시밭 철조망에
수줍은 듯 피어난 꽃망울
선녀들의 모습인 양 고와롭다

코스모스 연가

밤이면 시름에 젖어 설친 잠
아침 이슬에 수정 같은 눈망울로 깨어난
코스모스

돌아온 애수의 눈동자
십년 설움을 품은 듯
떨어지지 않는 발걸음
외면할 수 없는 정

코스모스 꽃잎 씹으며
사립문을 두들긴다

텅 빈 가슴으로
안아줄 수 없는 시름이여

너는 고향의 수객을 맞는
청초한 사랑의 화신인가

들국화

명주 비단으로 투망질하는 하늘에
손짓하는 들국화

쪽빛 병풍 산자락에
향기 띄우는 입술

실성한 바람 끝에
옷고름을 맡겨 준다

그러나 거치른 들녘
자유의 칼날 앞에서도
목을 선뜻 내놓는 貞節이다

낙엽을 보며

나무에서 떨어지는 낙엽의 길은
내 가슴에 내인 상흔

臨界速度의 맥박소리에
슬픈 도시의 일몰은
거침이 없다

낙엽이
내 처진 견갑골을 바라보고 있다

해바라기 연가

태양은 저만치 혼자 가는데
빛과 열 생명의 모체로
그리움 핏줄을 새우는가

밤에는 풀죽어 고개 숙이고
고독을 알알로 영글다가

아침 해 돋으면
입맞춤으로 반기고

태양의 길목마다 이정표를 그리고
노란 가슴으로 감싸안는다

너는 태초에
너의 조상과 햇님이
흘레하어 잉태한 인연
생명의 화신인가

명성산 억새꽃 축제

지상의 구름바다
내 영혼은 벌써 아스라이 실려가고 있구나

손잡고 함께 거닐고 싶은
그리운 얼굴이 달려오고 있다

끝없는 순결 앞에
권세 영화가 한낱 물거품처럼 사라지는 순간
나는 저 억새꽃밭 속에
영원히 잠들고 싶다

수없는 카메라 셔터 소리마저
하나도 들리지 않는 명성산 억새꽃 축제
다만 내 영혼만이
제상의 술보다 독한 억새꽃에 취해 있다

명성산 : 경기도 포천시 영복면 운천리에 위치한 산으로 단종왕이 쫓겨날 때
산이 울었다 해서 명성산이라 했다.

단풍

나뭇잎이 낙하한다
나뭇잎이 뿔뿔이 낙하한다
핏빛 없이 푸르게 살라는데
석양이 타 노을이 되고
세월도 타 노을이 되니
순풍에도 이끌려 날아가오
흐르는 개울에도 날아가오
지난 날의 추억을 안고 떠나가오

신앙

아름다운 세상에 태어난 인생
즐거웁게 살다 가게 하소서

忍冬

돌을 뚫고 나온 새싹
눈사태를 보고 방긋이 웃는다

IMF 한파에 몰린
영하의 地下道 노숙자를 보고
히죽거린다

천하를 굽어 보던
목에 칼바람에도
콧방귀도 안 뀌다가

소말리아 어린이들의
눈빛엔
온몸을 파르르 떤다

폭포

쏟아지는 벼락인가
아침 햇살에 퍼진 무지개인가

만 갈래로 찢어진 기폭제
나비처럼 분분한 바람이다

용궁에서 터지는 명령이다
선녀들의 놀이길 밝힌 줄달음이다

흙

이민 가는 사람들의
주머니에 든 조국의 흙

정신을 키우는
영양가가 담긴 보물이다

생명을 칸생시키는
씨알이 담긴 소우주다

이민 가는 사람에게는
조국의 흙이 어머니의 품속 같은
사랑의 눈물이다

참새떼가 날아간 대밭

참새떼가 날아간 대밭에는
고양이 목털 하얀 白旗로 접은 발걸음이 있다

긴박한 상황이 끝난
대낮 고요

대밭 속엔
나락 익은 냄새가 기승을 부린다

아파트 유리창에 부서진 햇살

용접의 불꽃이다
원앙 금속 사랑의 연소
사랑과 미움을 땜질하는 밀실의 고뇌
미움과 미움을 끓여 놓은 소란의 살기

고층 아파트 유리창마다
지금 아세틸렌 불꽃이
장마가 개인 아침을 태운다

푸르른 물줄기로
불을 끄는 아파트 숲 공원

불길과 물줄기 사이에서
어린이 놀이터가
물기를 말리고 있다

하늘

어데서 시작하여 어데서 끝나는 것인가
아버지의 무한한 기품으로 열어 주었고
어머니의 온유한 품안으로 내려 주었다

나를 울리는 것도 하늘이고
나를 달래 주는 것도 하늘이다

어느날, 병상에 누워 있는 아내의 눈빛 속에도
무한한 슬픔 같은 하늘이 보였다

아내의 눈빛 속 하늘 자락이
왜 그리도 먼지, 왜 그리도 슬픈지

그대가 죽거든 어머니의 품안 같은
하늘에다 묻어줌세

봄바람

어젯밤
夕陽 노을 잡고 흐른
노란 바람 잠재우고
여명을 깨워 동산에 해맞이 해놓고
늘어진 매화가지에 목메어
임이여 빨리 오라 손짓만 하네……

山은 부른다

내가 자주 오르던 산
내 눈빛을 어느새 알고
저렇게 손짓들인가

내 손목을 잡아끌다가도
끝내는 모가지를 당기지만

나는 가슴만 뛰다가
눈시울이 뜨거워서
산 앞에서 돌아선다

내가 발이 성할 때 자주 오르던 산
나를 부르는 산
미칠 것 같은 산이 미워서
나는 지금 쩔뚝쩔뚝 쏜살로
돌아서 버린다

나는 山이고 싶다

쩔뚝! 쩔뚝!
내 다리가 쩔뚝거려도
나는 山이고 싶다

내 다리가 아플수록
먼 산빛이 좋아
눈시울이 뜨거워 온다

쩔뚝! 쩔뚝!
비가 와도
눈이 내려도
폭풍이 몰아쳐도
내 가슴으로 안고 싶다

산은 음모가 없다
산은 배신이 없다
산은 전쟁이 없다
나는 언제쯤 높은 산에 올라 볼까

강물

강물은 흘러 흘러 무엇이 될꼬
강물은 흘러서 물을 만들고
강물은 흘러서 공기를 만들고
강물은 흘러서 광선을 만들고
강물은 흘러서 모든 생명체를 만들고
강물은 흘러서 예술을 만든다

봄 · 1

그렇게도 수줍으냐
낯선 어린 아이 눈빛처럼

눈빛 주다 얼굴 돌리고
빙그르르 웃다 눈 가리고

하늘과 땅이
온통 너 때문에 할 일을 못하는구나

너를 바라보다
내 이 손등의 반점은 어쩌자고?
내 이 마음을 송두리째 빼앗아 가거라

봄 · 2

봄은 아름다운 생명들을 안고
달리는 남풍열차에 실려오고 있는가

봄은 땅 속에 묻힌 생명들을 일깨워
손에 손잡고 오고 있는가

봄은 얼어붙은 시냇물을 깨고
오순도순 봄 이야기 나누며 흘러 내린다

봄은 어지신 어머니
수많은 목숨을 잉태하여
화려한 수레를 타고 돌아와
아름다운 이 강산에 순산한다

솔바람 소리

사초하러 가는 길
솔바람 소리는
내 피를 빨아올리어 콧등이 찡하다

한숨을 내품으면
눈물이 피잉 돈다

이따금 솔잎 파도 바람에
물 먹고 나면
물 속에서 들려오는 듯한 요령 소리

사초하러 가는 길은
아버지의 상여가 나가던 길
지금도 꺼이꺼이 輓章의 울음 소리로
다가오고 있다

여름은 산과 바다로

여름은 산과 바다의
연정의 계절

산은 바다를 당기고
바다는 산을 껴안는다

여름의 산과 바다는
청춘을 잉태하는 어머니의 탯줄

여름은 산과 바다를 부르고
사랑을 방목한다

생산적인 정열의 刻印을 위해
여름은 산과 바다로 가자

아침 이슬

풀잎에 매달린 수많은 이슬이
아침 햇살에 눈부시다

마주친 눈빛이
어젯밤의 꿈으로 되살아나다가

화려했던 꿈처럼
아침 이슬은 흔적도 없이
사라져 간다

그토록 생명이 반짝하기에
더욱 아름다워야만 했고

대자연의 꿈속에서
草露人生 한 방울이었던가

기러기

기러기는 황혼 속에
바쁜 들길을 흘리고 가네

갈대꽃은
눈물로 길을 읽어 내고

바람은 기러기의
울음으로 불고 있네

가을 풍경

전라선은 화필을 들고
들판에 색칠하며 달리고 있다

북북 그어 놓은 것이
황금 벼밭이 되고

뭉텅뭉텅 찍어 놓은 것이
물든 산이 된다

그 위에 으깨 놓은 것은
푸르디푸른 전라도 하늘이구나

秋穀價의 우울한 색깔은
고르기가 힘들다

전라선은 가을 풍경을
수없이 그려놓고
내 머릿속을 달린다

찬 바람이 불어오면

찬 바람이 불어오면
명동 술집 앞에 여울 물살 이루는
랜드로바 구두 소리

따끈한 정종
흔들리는 술잔 위에
문득 지리산 피아골 계곡 물빛에 어리던
군화 소리로 떨려 온다

웅평한 양달쪽
난장판으로 으깨진 하얀 억새꽃밭
금시에 달아나 버린 체온들

일으키다 일으키다
함께 울어버리던
억새꽃이 몹시 생각이 난다

방등산 자락 아래
— 紫回 陳乙洲 詩人 詩碑 詩碑 제막식에 부쳐

鎭安高原을 가슴에 안고
木浦半島로 달린 노령산맥의 快走

그 신바람 등성이에
우뚝 솟은 方等山아
사두봉 神話가 詩碑로 일어서기까지
억겁의 세월 운기로 서렸던가

方等山 자락 茂長面에
당산나무 품속에서
빙긋이 웃는 紫回詩碑

한 詩人을 낳게 한
高敞郡 고향의 뜨거운 은총이 빛난다

달밤 부엉이가 울면 풍년이었고
백여시가 울면 꽃상여가 나갔다는 神話는
우리 조상의 숨소리

나는 오늘 한 순간

紫回詩碑 앞에서

천년의 세월을 보고 있다

方等山 : 전북 고창에 있는 方丈山의 本名
紫回 : 陳乙洲 詩人의 아호

사초하던 날

사초하던 날
억새꽃 한 송이 빗물로
내 눈시울을 닦아내고 있습니다

불효한 마음
늦가을 먼 천둥소리로
가슴 내려앉았습니다

산소 앞 가시덤불 속 진흙탕에 미끄러져
나는 낙동강 오리알처럼 뒹굴었습니다

가을 소나기는 무섭게 쏟아지고
눈에선 번갯불이 쳤습니다

姜海根 詩의 모더니티와 形而上學派 詩 지향성
— 제3시집 《명동의 강물 소리》 評說

李秀和

시인 · 문학평론가 · 국제펜 한국본부 부이사장

1.

강해근 시(姜海根 시인의 詩)를 모더니티 지향성(mordernity orientation, 志向性)의 전개 양상으로 파악하고자 한다. 그의 시가 통체적(統體的)으로 모더니즘 계맥(係脈)의 한 광휘(光輝)로운 면모를 발휘하고 있기 때문이다.

지금 이곳의 한국 현대시[當代詩]가 1908년부터 꼭 100년의 낫세에 이르렀거니와 1926년부터 일본을 거친 박래시문법(舶來詩文法)인 모더니즘은 80년 안팎인 셈이지만 현하 한국시단의 상층부는 이 모더니티 지향성이 지배적 스펙트럼을 형성하고 있지 않나 판단된다. 그 적자격의 포스트모더니즘 계열도 포힘헤서인데 어쨌든 결론부터 앞세워 한국 당대시사상(當代詩史上), 넓은 뜻의 모더니스트인 정지용(鄭芝溶) · 김기림(金

起林) · 김광균(金光均)의 한국 현대시(現代詩, 이미지즘 · 모더니즘 · 主知主義를 混用해서)는 아직도 우리 시단의 하이클래스가 선호하는 방법론이기도 하다.

姜海根 詩가 지향하는 모더니티(모더니즘의 특성)[1]는 그 특성의 통체성(統體性)에도 관련되지만 주로 이미지스트[2]로서의 적용에서 유효할 터이다.

가령,

참새떼가 날아간 대밭에는
고양이 목털 하얀 白旗로 접은 발걸음이 있다

긴박한 상황이 끝난
대낮 고요

대밭 속엔
나락 익은 냄새가 기승을 부린다

— 〈참새떼가 날아간 대밭〉 全文

—에 보이는 姜海根 詩의 모더니티(現代性)가 '성의 추구'(性

---

1) 로버트 마틴 애덤스의 〈모더니즘이란 무엇인가〉(『海外文藝』3호, 1972. 2, 문예진흥원)에 의하면, 모더니티(現代性 또는 모더니즘의 特性)란 ① 과거에 대한 意圖的 추구, ② 반복적 · 주기적인 시간의식, ③ 非人間的인 추상성의 중시, ④ 性의 追求, ⑤ 독재정권에 대한 虛弱, ⑥ 재료 및 언어의 영역확대 등이다.
2) 한국 현대시의 경우 鄭芝溶, 金光均은 이미지스트라고 할 수 있으나 각주 1)에 열거된 애덤스의 모더니티(現代性)가 다 적용되지 않는다. 姜海根의 경우 각주 1)의 ④항인 〈性의 追求〉가 적용되는 대표적 사례임.

的 追求)에 있음을 우리는 텍스트의 통체적 아우라로써 어렵
잖게 파악하게 된다.

　전체 3개 스탠자, 총 6개 라인으로 구성된 예시는 첫 스탠자
2개 라인에 시적 공간(대밭)에서 일어난 사태의 전말을 암시한
다. 그것은 제2 스탠자가 받는 "긴박한 상황"(1행)인 바, 여기
까지도 긴박한 상황으로 끝난 제1 스탠자 둘째 라인의 "고양이
목털 하얀 白旗로 접은 발걸음"의 사태가 무엇인지 그 진상은
직설돼 있지 않다. 마침내 최종 스탠자 후말 라인에 이르러서
야 독자는 아, 저 대밭 속 긴박한 사태의 전말에 대한 '낌새'를
겨우 알아차리게 될 터이다. 그것도 대낮 고요 속 대밭에 기승
을 부리는 "나락 익은 냄새"의 상징성을 맡아낼 후각(嗅覺)을
가진 독자가 말씀이다.

　이 시의 화자가 목도한 고요한 대낮의 대밭 속에는 긴박한
상황(어떤 긴박한 性戱)이 끝나고 그것을 훔쳐본 하얀 목털을
白旗처럼 접은 고양이란 놈이 기승을 부리는 나락 익은 냄새
(남녀상열 직후에 넘쳐나는)에 취해 어슬렁이는 이른바 생명
현실(生命現實)의 궁구(窮究)를 주제로 선택한 상징주의 기법
의 이미지즘 시인 것이다.

　이와 같은 성(姓)의 추구(사태/ 사물)로 획득한 체험을 텍스
트화할 때 대개의 시인들은 단순히 호기심 따위의 감정에만 의
존하여 거기에 지적(知的) 관심을 기울이지 않기 때문에 그 표
현이 꿈같이 막연해지는 결과를 빚어내기 일쑤이다. 감정(호
기심 따위 텍스의 감가 따위)을 휘어잡고 거기에 뚜렷한 윤
곽(思想的·주제의식)을 주어 표상하려면 강해근 詩의 이미지

즘 시(例詩)에서처럼 경험(대밭의 사태)을 이미지나 상징으로 표현하는 길밖에 없다.

이미지나 상징은 감각(대밭의 사태·情事 장면을 보는 시각)과 지성(知性)의 통체적(統體的) 체험의 결과이다. 사태(사물)를 감정(감각)으로만 파악하였을 경우엔 꿈같이 막연하거나 감상적(感傷的·센티멘탈)인 시가 되고, 사상(思想)으로만 파악하였을 경우엔 사상(思想)에 詩的 장식을 가하거나, 이미지 자체가 말하지 않고 시인의 사상을 장식하기 위해 쓰였을 경우 그것은 이른바 낭만적 이미지가 되어 사상누각(沙上樓閣)에 불과할 뿐이다.

이와 반대로 상징적 이미저리군(群)을 동원해 생명현실의 궁구(性의 追求)를 형상화한 강해근의 예시 〈참새떼가 날아간 대밭〉은 결론적으로 말해, 저러한 주제(思想)를 섹스의 밤꽃 향내를 후각(嗅覺)으로 직접 맡는 것처럼 형상화한 최종 스탠자의 공감각(共感覺) 이미지즘(대밭 속은 시각 이미지, 나락 익은 냄새는 嗅覺 이미지) 기법에 의해 경이롭게 완성되고 있다. 이와 같이 그를 놀라운 솜씨의 이미지스트 시인이게 하는 또 하나의 대표작이 〈갈매기떼〉임을 본다.

갈매기는 모항의 푸른 하늘에 떠운
고깃배의 엽신

생선 비린내로 부두가 둥실거리면
갈매기는 하얀 삐라처럼 나부긴다

入港

출하의 문이 열리기 전

국악대처럼 연주하는 갈매기떼

물빛보다 더 고운 하늘은

갈매기떼의 흥분으로

항구보다 바쁘다

— 〈갈매기떼〉 全文

예시(例詩) 제2 스탠자 1행의 후각(嗅覺) 이미지 "생선 비린내"와 시각(視覺) 이미지 "부두가 둥실거리면"이 복합(複合)된 이미지 즉, 공감각(共感覺·Synaesthesia)이라고 부르는 신선한 감각현상을 저 앞서의 예시에 이어 다시 또 드러내주고 있다. 시사적(詩史的)으로도 그리 흔치 않은 후각 이미지와의 공감각 이미지 창출은 도한 흔치 않은 이미지스트 姜海根 詩의 특성을 극명하게 말해 주는 예일 터이다.

문학예술의 전개를 전통지향성(傳統志向性·tradition orientation)과 모더니티 지향성(modernity orientation)의 변증법적(辨證法的) 발전으로 파악해야 한다[3]고 본다면 姜海根 詩人의 발군의 예시들 〈참새떼가 날아간 대밭〉과 〈갈매기떼〉에 보이는 전자의 성(性)에 대한 전통적 토속성과 후자인 현실성의 길항적(拮抗的) 모더니티는 그 (강해근)의 포에지(詩精神)

---

3) 김윤식(金允植), 〈모더니즘 詩 운동양상(運動樣相)〉, 《韓國現代詩論 批判》(一志社, 1975)

를 말해 주며, 또한 삶에 대한 그의 태도(人生觀)를 드러내준
다. 그리해서 전통주의와 모더니즘의 길항성을 변증법적 발전
의 위일융합에 이르는 성취야말로 姜海根 詩의 모더니티 지향
성이 거두게 될 시적 도달점이 아닌가 한다. 이 모더니티 지향
성은 바로 그의 시의 원점이다.

이의 확장과 응축(지향과 전개)이 보여주는 이번 제3시집
《명동의 강물 소리》(2008, 지구문학 刊), 그 광휘로운 이미지스
트 姜海根 詩의 진경(進境)을 본장(本章)에서 좀 더 정밀하게
검토하고자 한다.

2.

1999년 9월 姜海根 제2시집 《눈 내리는 지리산》(지구문학
刊)을 숙독, 평설하면서 나는 그의 제1시집 《들불》 이후 변모
의 조짐이 뚜렷해진 시세계를 텍스트성이 확실한 미학의 시
〈눈 내리는 지리산〉에 주목해 확인한 바 있다.

그것은 "姜海根 詩의 민족 정서(전통 지향성)가 민족내 구성
원간의 유대감이 형성되는 동질성의 요인이란 점에서, 그 문
학적 가치가 높다. 따라서 그의 신화(원형)주의 포에지(世界
觀)에는 초월적 세계와 현상계, 과거 인간들과 현재적 인간들
이 상실 또는 망각하고 있는 것들(삶의 조건 · 정서 · 인간성)
을 신화(원형)적 세계에 복원함으로써(시작업으로) 삶의 세계
와 생(生 · 삶)을 총체적으로 보며, 그 상호 길항적(拮抗的) 요
인을 부숴 버리자는 것이다. 결코 과거나 과거 사물에 대한 복

116

고주의, 향수(노스탤지어) 따위가 아닌, 현대사회와 문명의 구조적 모순에 대한 문학의 응전이기도 한 것이다."고 姜海根 詩의 모더니티 지향성의 시적 잉태를 전망한 바 있으며, 바로 그 지점의 지평이 이번 제3시집에 전개되고 있다 하겠다.

그 발군의 텍스트군(群)의 메타 텍스트만 우선 살펴보자면 앞서 이미 논급한 〈참새떼가 날아간 대밭〉, 〈갈매기떼〉, 〈아파트 유리창에 부서진 햇살〉, 〈나는 山이고 싶다〉, 〈하늘〉, 〈낙엽을 보며〉, 〈忍冬〉, 〈눈물〉, 〈雪梅〉, 〈기러기〉 등 이미지스트 姜海根의 진면목을 텍스트마다 명징하게 반영하고 있는 작품들이다.

예컨대,

용접의 불꽃이다
원앙 금속 사랑의 연소
사랑과 미움을 땜질하는 밀실의 고뇌
미움과 미움을 끓여 놓은 소란의 살기

고층 아파트 유리창마다
지금 아세틸렌 불꽃이
장마가 개인 아침을 태운다

푸르른 물줄기로
불을 끄는 아파트 숲 공원

불길과 물줄기 사이에서
어린이 놀이터가
물기를 말리고 있다

예시에 보이는 姜海根 詩의 모더니티 지향성(modernity orientation)은 이른바 R.M.애덤스가 말하는 현대의 특성(모더니티)이 잘 드러난다. 텍스트 1 ~ 2 스탠자의 이미지 조소성(彫塑性)인 용접의 불꽃에 비유된 부서진 햇살 이지저리, 고층 아파트 밀실 속의 애증상(愛憎相), 그리고 3 ~ 4 스탠자의 저러한 현대 문명사회의 살기(殺氣)를 잠재우려는 구원의식(이피파니 의식)의 병치 이미저리는 姜海根 이미지즘 詩의 활달무미한 미학의 개선가에 다름 아니다. 그의 이 같은 모더니티 지향성에 대척점에는 텍스트 〈雪梅〉와 같은 전통 지향성의 미학 추구 전개가 착종하는 바,

커피향보다도
일요일 아침 유리창의 햇살보다도

남원 내 고향집 마당가에
雪梅의 노랑 눈짓이 그리워서다

사람들은
달력을 보고서야

그런가 하는데

이런 시간이 되면
내 고향집 측간 가는 마당가에
고놈의 노랑 雪梅의 입술 터지는 소리가 들려서다

입춘이 아직 먼데
일요일 아침 가슴이
이렇게 뛰고 있음인가

— 〈雪梅〉 全文

—에 보이듯 도시 아파트 유리창에 부서지는 햇살의 모더니티 이미저리와 남원 고향집 마당가에 핀 雪梅 이미저리의 전통정서 지향성은 姜海根 詩가 이 두 지향성의 변증법적 발전을 의도하는 시적 기획임을 우리는 파악해낼 수 있는 것이다. 이 변증법적 전개 뒤에 이르는 발전의 합일체 또는 융합체가 무엇인지는 차차 결론부에서 짚어내기로 한다.

두 번째 예시의 넷째 스탠자 3행의 노랑 雪梅의 시각 이미지와 입술 터지는 소리의 음향 이미지의 복합 이미저리 또한 姜海根 詩의 이미지즘이 창출해내는 공감각의 미학임은 두 말할 필요가 없겠다. 이쯤에서 능란 수법의 이미지스트 姜海根 詩의 버라이어티를 본다면,

① 나무에서 떨어지는 낙엽의 길은

내 가슴에 내인 상혼

臨界速度의 맥박소리에
슬픈 도시의 일몰은
거침이 없다

낙엽이
내 처진 견갑골을 바라보고 있다

② 어데서 시작하여 어데서 끝나는 것인가
   아버지의 무한한 기품으로 열어 주었고
   어머니의 온유한 품안으로 내려 주었다

나를 울리는 것도 하늘이고
나를 달래 주는 것도 하늘이다

어느날, 병상에 누워 있는 아내의 눈빛 속에도
무한한 슬픔 같은 하늘이 보였다

아내의 눈빛 속 하늘 자락이
왜 그리도 먼지, 왜 그리도 슬픈지

그대가 죽거든 어머니의 품안 같은
하늘에다 묻어줌세

③ 돌을 뚫고 나온 새싹
　눈사태를 보고 방긋이 웃는다

　IMF 한파에 몰린
　영하의 地下道 노숙자를 보고
　히죽거린다

　천하를 굽어 보던
　목에 칼바람에도
　콧방귀도 안 뀌다가

　소말리아 어린이들의
　눈빛엔
　온몸을 파르르 떤다

　예시군(例詩群) ①은 〈낙엽을 보며〉이고, ②는 〈하늘〉, ③은 〈忍冬〉이다. ①이 자연(1연)과 도시문명(2연)과 자아(3연)의 병치 이미저리를 통해 삶의 일회적 유한성에 대칭되는 자연과 문명의 그나마 시간적 지속성(애덤스의 모더니티 제2 특성인 반복적·주기적 시간의식)에 대한 유정함의 이미지즘을 형상화하고 있다. 최종 스탠자 후말행의 뛰어난 형이상파적인 컨시이트(奇想·conceit)는 탁월성의 이미저리인 것. ①이 자아 내향적 텍스트라면 ②는 우주아 죽음과 인륜(人倫=父母·아내)을 제재로 한, 이른바 이미지즘 사상시(思想詩)의 유형이다. ②의 이와 같은 우주관, 생사관, 인류관을 형상화함에 있어서 저러한 思想을 감각화 하는 T.S. 엘리엇의 형이상학파 시 기법의 경우 자칫 관념과잉이 노출되기도 하는 사례다. ③이 ②의 관념성을 말끔히 삼제해내고 있는 사상과 감각의 통합된 감수성이 잘 형상화된 사례일 터이다. 특히 ③의 사회와 글로벌 세계로의 확장 이미지즘은 姜海根 詩의 모더니티 지향성이 마침내 형이상학파 시(形而上學派詩 · metaphysical school poetry)로의 터닝 포인트를 마련하고 있는 계기일 터이다.

姜海根 詩가 이번 제3시집에서 모더니티 지향성의 전개에 값진 성과를 거두고 있음을 이상에서와 같이 소루하게나마 검토한 결과 그는 이제 또 다른 변화의 조짐, 즉 모더니즘 시(現代詩)와 공통점이 강한 형이상학파 詩로의 진경(進境)이 예고되고 있음을 보고자 한다.

쩔뚝! 쩔뚝!
내 다리가 쩔뚝거려도
나는 山이고 싶다

내 다리가 아플수록
먼 산빛이 좋아
눈시울이 뜨거워 온다

쩔뚝! 쩔뚝!
비가 와도

눈이 내려도

폭풍이 몰아쳐도

내 가슴으로 안고 싶다

산은 음모가 없다

산은 배신이 없다

산은 전쟁이 없다

나는 언제쯤 높은 산에 올라 볼까

― 〈나는 山이고 싶다〉 全文

예거한 姜海根 詩 〈나는 山이고 싶다〉는 그의 이미지즘 詩에서 한 걸음 진경의 형이상학파 詩가 된다. T.S. 엘리엇이 시에서의 사상(思想)과 감정(感情)의 융합(fusion of thoughe and feeling)은 현대시(모더니즘 시)와 형이상학파 시의 독특한 공통점이라 말하면서 형이상학파 시는 현대시보다 2백년이나 옛적인 시법에 근거하지만 현대시(모더니즘 시)가 실패하고 있는 전통의식·역사의식에 투철하여 오히려 현대시보다 진취적이라 한 바와 같이 姜海根 詩는 이제 저러한 진경을 보이게 되었다고 하겠다.

예시에서 그는 자신의 숙명(宿命 ; 그는 내가 제2시집 평설에서도 언급했듯 대공전선에서의 상이 국가유공자)을 감정적(또는 感傷)으로 센티멘탈에 젖지 않고 이를 의지적(意志的·思想的)인 시정신에 기반하여 깨끗이 융합된 이미저리로 조소(彫塑), 형상화해내고 있는 것이다. 그리하여 자신의 비극성에

'눈물' 조차도 "순정에서 피는 生花"이고 "녹두밭 윗머리도 옥토로 변하고/ 사막도 오하시스로 넘치는/ 사랑의 마술사"(텍스트 〈눈물〉 1 ~ 2 스탠자)로 극복하는 것이다. 이처럼 아름다운 형이상학적(정신적) 미학의 구체적 형상화는 姜海根처럼 이미지즘 시의 모더니티 지향성을 공부하지 않은 시인에게는 지난한 과제일 뿐이다.

이제 자신의 숙명성마저 거뜬한 정신적 삼엄성으로 극복한 결과물인 제3시집의 모더니티 지향성 전개는 더구나 바람직한 진경의 형이상학파 시로의 터닝 포인트라는 굳고 이상적인 발판을 마련한 姜海根 詩의 도저한 포에지의 가편 〈기러기〉를 숙독하면서 척박한 평설 글을 가름코자 한다.

기러기는 황혼 속에
바쁜 들길을 흘리고 가네

갈대꽃은
눈물로 길을 읽어 내고

바람은 기러기의
울음으로 불고 있네

— 〈기러기〉 全文

이 얼마나 아름다운 정신의 길인가. 기러기처럼, 갈대꽃처럼, (갈)바람처럼 화자(시인)는 '길'을 갈 뿐이다. 아무 미련이

나 아쉬움 따위도 없이 그(人間)는 가되 기러기가 황혼 속에 아름다운(노을이 비꼈으니 더욱) 들길을 흘리고(들길이 풀어진 넥타이 같다던 시사적 이미지스트 김광균 못지 않은 공감각 이미지) 가듯 아름다운 미학의 길을 말씀이다. 그것이 形而上學派 詩 姜海根 제4시집에서는 어찌 전개 · 성취될지는 우리 독자 모두의 바람이기도 할 터이다.

2008. 4.

마포 삼개나루 樹堂軒에서

강해근 제3시집

명동의 강물 소리

·

지은이 / 강해근
펴낸이 / 김정희
펴낸곳 / **지구문학**

110-122, 서울시 종로구 종로2가 39 뉴파고다빌딩 315호
전화 / (02)764-9679
팩스 / (02)764-7082

등록 / 제1-A2301호(1998. 3. 19)

초판발행일 / 2008년 4월 15일

ⓒ 2008 강해근 Printed in KOREA

값 7,000원

E-mail/jigumunhak@hanmail.net

※잘못된 책은 바꿔드립니다.
※저자와의 협약으로 인지는 생략합니다.

ISBN 978-89-89240-20-4 03810